纵情怀为马

迟云——著

作家出版社

目　录

序

潜跃的心律　沉洪的音声

——序迟云诗集《纵情怀为马》

叶　橹

　　面对当下复杂而多元的诗歌现象，理论上的众说纷纭难以避免。针对不同诗人的创作而做出的评论，也常常会表现出截然不同的评价标准，这些都是不足为奇的。然而在这种众说纷纭的评论中，也往往会因为评价标准的不同导致对某些作品的忽略而显得不够公正。

迟云是一个在国内已经出版了五本诗集的诗人，也有译本在韩国和日本出版，虽然已经有一些评论家对他的诗作进行了必要的肯定，但就其作品的分量而言，我以为他在当下诗坛的影响同他的作品的价值仍然显得不太相称。我最近较为集中地阅读了他的几本诗集以及相关的评论，加上对这本即将出版的《纵情怀为马》的原稿的阅读，更给我留下了很深的印象。

多年以来，我们在诗的阅读和审美判断上，比较注重对新、奇等特质的强调，正所谓语不惊人死不休，这自然是非常必要的。但是在提倡多元和创新的同时，有时候会本能地将某些从形式上和语言上看起来"诗统味"较浓的一些作品，有意无意地给忽略掉从而轻视了它们的内在价值。迟云的诗，我以为就是在这种思维方式下被忽略和轻置了的。我在读他的诗时，不断地揣摩和思考着这个问题，决定在这篇序中特别地强调一下这个问题。

人们常说，一个时代有一个时代的文学，这自然是不错的。但是不知道人们是否注意到，在同一个时代中，众多不同的作家和诗人，他们笔下的文学形式和诗歌意象，常常会蕴涵着不同的社会内涵，乃至存在着截然相反的思想倾向。从我们后人的观点和评价看，也会有许多截然不同的评论，这些不同的评论，也许并不是绝对的是与非的区别。《红楼梦》与《金瓶梅》，或者《水浒传》同《金瓶梅》对西门庆、潘金莲的描写，在优劣程度和人物评价标准上也是各有特色的。甚至在同一个作家或诗人的身上，人们也会发现许多内在的矛盾，马克思对巴尔扎克的评价，托尔斯泰对莎士比亚的轻蔑，都是众所周知的。这种复杂的文学现象，不仅存在于古代，在当代也依然鲜明地存在，这是无须我赘言的。

之所以发表一通这种言论，就是因为在读迟云的诗时，引起了我深深的思考。坦率地说，八十多岁的我已经很久没有这样集中地读一个诗人的作品了。迟云的诗之所以引起我这种感慨，是因为我在读他的诗时，似乎回到了许多年以前读诗时的一种感受，又似乎深切地体会到进入一种逼近社会和生命、非常接近内心深处的现实感受。

很久以来，我们似乎一直在谈论着诗人与现实的密切关联，但又似乎隐约地感受到，这些议论始终有一种隔靴搔痒的意味。如何评价这种现象，可能需要留给后人来评说了。我读迟云的诗，虽然时时有一种非常亲切的现实感受，但是它又完全是一种诗性的话语。从艺术审美的角度而言，我以为这就是一种极佳的境界。人们都知道，社会现实是一种"存在"，而诗人则是一个社会现实的"在者"。在者对于存在的感受，自然是因种种主客观因素而决定的。诗人之所以不同于一般人，是因为他的感受方式是一种直观与隔离相融相合的方式。迟云的诗之所以让人深刻地感受到的一大特点，就是他的这种对直观与隔离的艺术化的诗性处理方式。

作为一个社会现实存在中的人，用马克思的说法是"社会关系的总和"，但是作为"在者"的诗人，他的生命感受却既是具体的又是抽象的。在复杂丰富又纠葛缠绕的现实生活中，诗人怎样表现和表达他的生命感受，是一个理想与现实之间的复杂结构。卢梭有一句名言："人生而自由，但无往而不在栅栏之中。"每一个社会现实中的人，都会从自身的切肤体验中去理解这句话。迟云作为诗人，也写过一首《关于栅栏》。他写的自然是一种意象和意境：

远处，一簇簇的礁石／黑魆魆地蹲守着／像要捕捉远来的猎物／正在耐心地等待

近处，洁白的沙滩／自然而平静地伸展着／它们从容淡定的心态／已经历练了若干个世纪

太阳正跃出海面／天空喷薄出万道金光／潮汐自由地来

去／阵风自由地漫卷／海腥味让宇宙充盈着生机

  我把这首诗的前三节引出来，很大程度上是为了证明迟云诗歌的一大特色。从语言的表达方式上看，它们完全是传统的通俗的。如果你粗心大意地一瞥而过，势必会认为这只是很一般的诗句。可是你要是潜思默想地琢磨一番，则它的那些貌似凡俗的诗句中所暗含的意象和意境，甚或一些形容词、动词之类的词语，都可以化作你的生活体验乃至生命感受。三组意象，三种意境，为栅栏意象的出现做了铺垫与对比，形成了开放与封闭、自由与封锁的对立与僵持。完整地读完此诗，你将会慨然感叹："栅栏有形或无形／都已经站立为一道风景"，特别是当联想到现实社会中一些人习惯而且极善于为他人扎制栅栏时，栅栏又是一种多么令人为之瞩目又为之痛心无奈的"风景"啊！

  迟云是一个敏感的诗人。他的敏感决定了他对周际事物的关注，而他的关注又是一种诗性的介入。他的诗性的介入，体现在对许许多多事关人类命运的事件或事物时，必须以诗的方式加以呈现。"存在"虽然从哲学意义上说是抽象的，但到了诗人的笔下，它就必须是一种具象的呈现。我注意到迟云笔下的"沙子"这一意象的重复出现。早在 2014 年他就写过一首《沙子在任何时候都是沉默的》，后来又以"潜入沙子的内心"为一本诗集命名，并且还写了《集体的沙子和个体的沙子》《过滤层的沙子》。收录本集中的《过滤层的沙子》，是他本人对"沙子"这一独特具象意犹未尽的思考的又一首诗。照我的理解，经过他自己的思想的层层过滤，他对于"沙子"这种"存在"，有了一个更独特角度的关照："每一粒沙子都独立存在 / 岩浆的迸裂和潮水的浸泡深藏于记忆 / 千万粒沙子拥挤在一起，它们 / 形成了一个厚积的群体"，沙子细小而卑微，这种极其普通的"存在"，是历经沧海桑田的苦难转换和世世代代的风雨剥蚀才形成的。也可以说，只要人类存在一天，它们的堆积就是赫然存在的庞然大物。虽然迟云敬重"沙子"多舛的命运，敬仰"沙子"矢志不移的品性，对"沙子"的存在铭刻于心，但对它们的存在有时候又是感到无奈的。因为它们虽然"依偎着 / 守望着"，却只能"用平实的状态注释压抑中的期待"。它们"相信清者自清浊者自浊 / 信奉天地有道去浊取清"，可是现实中的它们却又只能是无奈的"亲密无间，却 / 保持渗透的距离"的。也许诗人最大的期望只是在于：

沙子的世界坚守原则

让污浊留下

让清纯通过

　　作为诗人的迟云，难免在期望中存在某种理想化的浪漫主义倾向，但他对"沙子"们的信心却是始终不渝的。

　　我们在判断一个诗人的诗性感受时，往往会因时因地的不同而给出不同的价值评估和审美定性。每一个时代都会存在着各种不同类型的诗人，而在他们的同代人做出评定时，又往往会与后代人的价值判断相去甚远，这是由多种因素影响和决定的。以当代的诗人来说，许多截然相反或相差甚远的评价，常常会出现在同一个诗人身上。究竟哪一种评价能够经得住历史的抉择和考验，也许只能由历史老人来决定了。我之所以有这种感慨，自然也是同阅读迟云的诗有关的。迟云的诗社会影响谈不上大红大紫，诗风也以晓畅直白见长，但是我在读他的几部诗集和这部《纵情怀为马》时，却深深地感觉到他的执着和专注，感受到他的内涵和底蕴。尽管他的语言方式显得不那么出奇制胜，但他对整个社会进程变化的复杂性和隐秘性的观察与思考，在寻求诗性表现时的殚精竭虑，的确是当代诗人中少有的。我几乎能够从他的许多诗作中倾听到时代进程的杂沓的步伐音响。我深深知道他写这些诗时的煞费苦心，别出心裁。他的诗借景抒情托物言志，不少诗具有寓言的意蕴，充盈着忧患意识浓郁的家国情怀和对土地及底层人民发自内心的悲悯，体现出中国传统文人一直崇尚的一种担当和风骨。作为诗人，他既要表现出内心深处的良知，又要考虑到阅读者审美触角是否能够进入他的诗境。正是这种两难的困境形成了他的诗难以从形式上立马引人注目的原因。根据我多年读诗的感受，有的诗人往往能够一炮走红，常常是因为他的诗在某一个节点上以一种较为突出的语言特色吸引了众多的目光，所谓的触及了大部分人心灵深处的共同感受。但是像迟云这样一以贯之的执着于对社会进程的杂沓步伐倾听的人，在诗人的队伍中真的是属于少之又少的。当人们期待于从诗中捕捉一种猎奇的心态和声音时，往往对自己身边时常经历着的事情反而忽视并感觉麻木了。迟云的大部分诗作，写的就是这种经常发生在人们身边的习以为常的事物，他自觉甚至刻意保持心底的柔软和触角的敏锐，以诗性的介入，聚焦具象，深化思考，凸显本质，使诗作具有了生命的温度和社会的硬度，这是他的十分真诚宝贵之处。如果一首诗歌的意象意境是一棵树的地上部分，那么意蕴的深刻与丰厚，一定是在深潜入树的根部的。如果人们只读迟云的一两首诗，可能未必会敏锐地感觉到他的艺术用心。说句实话，我如果不是这次较为集中地读了他的几部诗集，也不会发现他的执着与专注。也正是因为发现了他的这种执着与专注，我才下决心写这样一篇超乎一般序言的较长的文字。

在我即将结束这篇冗长的序言时，似乎还需要特意说几句不是题外的题外话。首先，我在这篇序言中很少引用他的一些具体诗作，是因为我从他的诗歌总体阅读中已经总结出了上述的一些观点，为了节减篇幅，这里从略了。其次，他的诗需要在细读的过程中，逐渐地产生和形成一种与诗人心灵深处的玄想共鸣互悦的心态，在心照不宣中达到极佳的境界。最后，我想表达一个观点，每一个时代都有众多的诗人，但他们的诗篇究竟以一种什么样的姿态留存在后人的心目中，这是一个十分复杂的审美学与心理学的问题。有很多在他们的时代曾经声名远扬的诗人，在时间的淘洗中日渐被人们遗忘，这是历史的自然规律。但是有一些诗人是不应当被忘记的。在我们所生活过的时代里，像20世纪40年代以前的艾青，80年代以后的昌耀，我想他们是不应该被忘记的。

作为诗人的迟云，当然也存在他的不足之处，他在语言的诗性处理上还需要新奇精进。但他对时代步伐和历史进程的关注，却是当代许多诗人缺少的精神品质。有鉴于此，我愿意向读过或尚未读过他的诗的人推荐，不妨读一读他的诗，而且要普遍地读，不能只读、少读几首就浅尝辄止。我相信只要读进去，就一定会受到启发而有所收获的。

正是基于这种感受，我才选择了此文的这个题目。

2020 年元月 2 日于扬州

序

纵情怀为马　立躯体为旗

——序迟云诗集《纵情怀为马》

李木生

众声喧哗，他寂寥地歌唱。

他是中国当代诗歌的一个异类，但却是一种回归，回归于"五四"那个新文化创造时的源头。《纵情怀为马》是一部可以自立于当代诗坛的诗集，有着独创的意义与凸出的气象。

作者迟云先生是一位有担当、有抱负的诗人。纵情怀为马，立躯体为旗，何等的担当与决绝，一种家国情怀、民族情怀与时代情怀，让他的眼界超越风花雪月与一己琐屑的咀嚼而具有了人类情怀的大格局。"立躯体为旗／笔端自有淌出的精血"（《立躯体为旗》），"而真实的诗行扎根泥土／根须触摸蚯蚓蝼蚁甚至蛇鼠的体温"（《我的诗行》）。正如雪莱所说："当一个伟大民族觉醒起来，为实现理想或制度上的有益改革时，诗人是最可靠的先驱、伙伴和追随者。"诗人，首先要是一位与时代、与民众同脉搏的人，而且要走在黎明时的前沿，将自己的生命化为火把一样的诗歌，照亮与引导。

沉重的思索化作深邃的思想，让《纵情怀为马》有了格外的分量。当代中国诗歌的困境之一，便是思想的缺失、思想的稀薄。迟云让自己的脚像大树之根一样紧紧地扎在现实的大地之上，让心灵深潜于诗情与哲思的世界中，从而诞生出让人警醒、让人思索的诗章。如对于人的异化，《稻草人》入木三分，"稻草的腑脏和木质的骨骼／它们，没有思想没有灵魂／只有虚张声势的招摇／存在于麻雀的惊恐里"。他可以从豪华中看到触目惊心的"废墟"，"凯旋门尚没有颓废／豪华的庆典仍然在人们心里预演"（《继续上演着创造废墟的历史》）。他发现并痛切着自由丧失的悲剧，"一颗一颗的脑袋已经木化／一片一片的脑袋已经茅草化／它们已经习惯瞻前顾后／进行有规律的摇摆"(《头颅习惯了集体转向》);"一神诞生／众神退位……发音的器官们突然失声"(《恐惧的梦境》);"标准化的脑袋正在批量制造"(《标准件的生产》);"台上台下都成为木偶……而人正在成为废墟"(《一鳞半爪》)。他厌恶轰鸣而过的"膨胀的蜻蜓",他鄙夷那些耀武扬威的"泡沫"。艾青曾是中国新诗的代表,他主张诗歌要"用最精练的语言,表达最丰富的思想与情感"。在上海的监狱里他写下《大堰河——我的保姆》,以一个地主的儿子去歌颂葡匐于地的保姆;而在中华民族最危急的时候,他写下《雪落在中国的土地上》与《吹号者》;1978年,刚刚"归来",艾青便写下永远失去自由的《鱼化石》,发出对于自由的呼唤。这种将诗人的命运、心灵始终与时代、民众、历史息息相连的创造,正是当下新诗走出困境的主途,也是迟云诗歌创作的着力点,并因此而让他的诗歌有了卓然而立的形象。我们需要曼德斯塔姆的《我们活着,感受不到脚下的国家》,我们需要阿赫玛托娃的《安魂曲》——因为我们至今还没有。

那个因展现出"人类不屈不挠的解放形象"而获诺贝尔文学奖的捷克大诗人塞弗尔特说:"我在写作时并不觉得自

由，不过，我是因为渴望自由而写作的。"这也许正是迟云写诗的情景。那些林立的树桠，在他眼里，都在"申请发言"，尽管树桠阻拦了黑色的云朵而悲壮地"跌落"，"不再有半点声息"，甚至"腐烂"，可是这被"跌落"的树桠却用"腐烂""滋养站立的树干"（《使命与轮回》）。即使"一棵树的命运，甚至 / 不及一棵草的归宿"（《一棵树的命运甚至不及一颗草的归宿》），他还是坚定地发现，"每棵树下都静卧着一个不死的灵魂 / 他们在聚集，等待揭竿的信息"（《冬夜，风刮过梁山》），并"听到了冰层炸裂的声音"。庞德说，"重要的不是思想，而是思想的深度"，一种执拗的挣脱，一种清醒的逆向，都让这部诗集有了不同寻常的追寻自由的品格。他在万木萧索的季节，亮着用血染成的红叶，这种自由，既是个人的，又是民族的；既是当下的，又是时代的。他"渴望像一头俊俏的梅花鹿 / 撒欢于凉爽自由的天地"（《盛夏的臆想》），他在"这个总有人喜欢栅栏"的世界里，"而我只想做一条普通的鱼儿 / 游动在一处不冻的水湾"（《我只想做一条普通的鱼儿》）。

反省，自省，与他脚踏大地的深思一起，成为这部诗集的又一特色。这不只是"吾日三省吾身"的修身，而是更具现代意味与关涉诗歌本质的一种境界。这种严肃的、有着道德追寻的反省与自省，特别珍稀。"中国诗歌从哪里获取自由创造的精神？如何使自己变得强壮起来？向哪里借用力量和自信？那么，所有一切都应当从反思开始……首先要求的是自我对自我进行全面的批判"（林贤治语）。迟云的反省与自省，虽然还没有达到这样的自觉，却是已经开始，并有着认真与诚实的态度。如他在《不能脱俗的心境》一诗里这样解剖世相也照见自己："又一次面临晋升的机遇／又一次具有了失重的感觉／／本来是脚踏实地的／本来是内心充盈的／因为欲望的蛊惑／因为周围密布的机心／没有听到公开的咆哮厮杀／却看到了暗处的刀光鞭影／渗出的血液熏腥了空气／自己坠入飘浮的云层里／……在虚空的世界深一脚浅一脚／挪行……／当自卑与自尊纠结／失控而无助"。而《分裂之人》则直接面对灵魂的挣扎——"我已经是一个分裂之人／上身穿戴西装领带进出职场／下身高挽裤脚行走田间堤堰／肉体在城区挣扎／灵魂在乡村放牧／白天活得紧紧巴巴／晚上在梦中采摘梨枣与地瓜"。

这一切的背后，是深情、热爱、悲悯：对生命与生命的尊严，对人类与人类的苦难。那个只以一篇《抒情歌谣集》的序言便动摇了英国古典主义诗学统治的华兹华斯曾说："诗人是人性的最坚强的保护者，支持者和维护者。他所到之处都播下人的情谊和爱"。迟云正是这样的一位播种者。那位"瓜爷"，佝偻着，却还"想把自己的积蓄捐成功德／却不知到哪里叩响阴阳的门扉"，此时的他让我们看到往时的祥林嫂。他"喜爱一棵树"，"因为他恒定地站立着／长年不说一句话／却吐纳着悲天悯人的气息"，树即人，人即树。就连普通得不能再普通的沙子，也是那样可爱，它们"让污浊留下／让清纯通过"。在他的另一本诗集《悲悯的土地》里，这样的爱与悲悯有着更大规模的开掘，如那首《蛇皮袋子》："妹夫是扛着蛇皮袋子出门的……落脚在一排低矮潮湿的工棚里／从此袋子开始装下钢筋扭曲的声音／开始装下挖掘机打夯机疲劳的喘息／蛇皮袋子也记下了粗饭淡汤的无奈／记下黄段子和劣质纸烟的自慰／蛇皮袋子把对工头的愤怒藏在最底层／生怕它逃出袋口惹是生非／／袋子春节前被黑黑瘦瘦的妹夫拎回家／里面有了馊味的衣被浸满碱花／妹妹抱着肮脏的蛇皮袋子／大颗心痛的泪滴滚落下来"。

与迟云兄相识，曾经因为我的散文。而读罢《纵情怀为马》，或许是我们相知的开始。世苍茫，路正长，祝福之外，我还要送上一条建议：尝试着多用减法，让诗意与诗句经历反复的锤炼与淬火，精粹、再精粹，让每一首诗都成为"杜鹃啼出的血／海水晒成的盐"（《我的诗行》）。

纵情怀为马

很可能是一具影子

或者一片叶子一缕轻风

是否有过花朵结过籽实，也

　　未可知

正如不知自己是如天使的来魔鬼的去

还是在痛苦中开始在安然中结束

当我的躯体融入土地

失去依附的灵魂，面对

　　虚幻的世界

不知如何关照生命的存续

宇宙浩繁宏大

生命具体渺小
当个体的烛光微弱地闪过
如流星快速地掠过，却未必
　　有同样的光芒闪烁

生命是实在的
作为一个分子被巨大的时空整除
融入宇宙的浩瀚洪荒
每个人都将进入虚无的隧道

所以
有什么放不下呢
君子四海为家
君子淡看一切
我自昂首向天去
任天风洗尘
纵情怀为马

2019.1.1

002

立躯体为旗

我的思想

一些奇怪的念头

一些玄思冥想

一些如云絮一样的情绪

都是从笔下流淌出来的

可是

我的笔很长时间没有启用了

笔头枯涩

在空白的纸张上几乎留不下

  明显的墨迹

楷草隶篆

写的是皮囊

传的是风骨

而我的笔端仿佛插入荒漠

记录不下绿洲的生机

是生命日渐衰微

能量正在耗尽

还是心灵打上了锈蚀的枷锁

关闭的门窗遮蔽了温暖的阳光

隐约听到一种神谕

呼吸吐纳

动静有常

放下所能放下的

担当应当担当的

于是，我知道

立躯体为旗

笔端自有淌出的精血

2017.8.3

稻草人

问一个很严肃的问题
稻草人是不是人

稻草人不是人，却有
人的形体
而且戴着人的帽子
穿着人的衣服
它们立在谷子地的中间
俨然是庄稼的主人

稻草人是人，却是
稻草的腑脏和木质的骨骼

它们，没有思想没有灵魂

只有虚张声势的招摇

存在于麻雀的惊恐里

熙熙攘攘的人市里

也晃动着一些道貌岸然的稻草人

他们脾气暴躁架子很大，因为

他们知道很多人已经变异

变异为一群飞来飞去的麻雀

2017.8.13

又听到一种神秘的声音

白炽灯照射的声音

流星划过天幕的声音

马达轰响永不疲劳的声音

蝉儿长鸣虫儿呢喃的声音

在这极深的寂静之夜

我不知道为什么总能听到这

　　奇妙的混响

幽远而又缥缈

清晰而又朦胧

天籁中夹带世俗

荒诞中充盈真实

仿佛原本就存在于脑海

又像一切都刚刚传递到耳膜

这就是天地之间的造化

上帝打开一扇窗口

让我们谛听天地的心音，感受

　嘈杂对宁静的碾轧

静中之动更加隐秘

动中之静更加艰难

永不歇息的欲望、挣扎、倾轧

如一张没有边际的网

飘忽着游走

以自己的形态与声音

寻找降落之地和覆盖猎获之物

沉入夜色

融入天地万物的汇流

无论居住在多么狭小的空间

你的心都能伸展至江河星汉

你的神都能思接起千载万年

只是，请注意倾听

一种声音又次第响起

分贝很低却有些刺耳

声源很远却有些尖厉

如众多树梢的摇动众多金属的摩擦

声音无法排解

一张巨大的无形的网

正在慢慢地接近你

2017.9.18

有一种冷与硬

一种硬度
而且附带着一些冷意
充盈于你与我对视的眼神里

我的举止没有失礼
内心更没有冒犯的故意
我的谦和没有消融的能力
这种冷与硬，如一把苍白的冰刀
直直地戳到我的心里

我必须回头审视自己
寻找甚至检讨可能存在的过失

可是，时光的脚印斑驳陆离

一地鸡毛飞过

地上只留下几片卷曲的黄叶

是我的影子冲撞了你的影子

还是脱落的头屑击打了你的前额

你的敌意只可意会不可言传

就像逃脱肛门的气体，无形

却给嗅觉强烈的刺激

抬头仰望天空

天是蓝的阳光是暖的

河流在流淌树梢在摇曳

山楂苹果正在树上膨大糖化

玉米谷子正在田野循规蹈矩地成熟

顿悟，有一种冷与硬

是一些莫名的因素对自然的抗拒

是一些莠草与落果对成熟的妒忌

2017.9.26

关于融入

细雨斜洒

如巧妇细密的针脚，绣在

绵延葱茏的土地上

轻风拂过

柳丝儿飘逸

蒲草与荷叶之上

陡生出烟雨朦胧的景致

或独自而来

或结伴而去

一两把花雨伞逶迤而行

融入缠绵的山岚雾色

雨水融入土地
抑或进入树木或庄稼的根系
一切都是自然的样子
一切都进行得悄无声息

融入，意味着分解和消纳
意味着成为你的一部分
融入，都有一个过程
往往让慢主宰了变化的节奏

没有谁会留恋雷电统摄下的疾风骤雨
它们摧枯拉朽势如破竹
但洪水过后
呈现的多是一些破败撕裂的样子

2017.9.30

头颅习惯了集体转向

如果说

生长于墙头的茅草

是为了迎接第一缕晨曦

它在风中摇晃的身姿

也在告诉你风的力度和方向

同样

如伞一样的树冠

在风中呈现出恭顺的态度

它们没有自己的意识和主张

向东或者向西

摇摆的树梢，已经习惯

　风的意志

其实

各种杂草抑或灌木乔木

无论它们生长在平原还是山峦

在风中

漫卷是它们的自由

弯腰则一定是它们的无奈

而在广场和会场的人群里

头颅也习惯了集体转向

脑袋如树冠

头发如茅草

而风的策源地来自天庭之上

一颗一颗的脑袋已经木化

一片一片的脑袋已经茅草化

它们已经习惯瞻前顾后

进行有规律的摇摆

2017.11.5

碾轧而过的雷声

轰隆隆的雷声滚过
沉闷而又绵长
像冲破地壳的挤压
像撕破天庭的牢笼
压抑后的舒缓
依旧带有挣扎的阵痛

雷声响过
天体的运行呈现出暖色
生命酝酿勃发
思想渴望灵动
燕子呢喃而来

迎春在风中开花

冰封消融的驳裂之声

激活沉寂的土地，释放出

　　元气升腾的自然之力

无疑，雷声

是一种摧枯拉朽的音频

该来的一定会来

该去的注定会去

规律不因为羸弱而折返

逻辑不因为强暴而改变

当天空的雷声嘶哑着滚过

所有的阴暗与寒冷，都开始

　　惊悚地退却与消隐

2018.2.26

谁来细数开花的时间倾听流水的声音

透过一池静态的纯净之水

透过一团雨后清冽的空气

透过一副明净的水晶镜片

你看到了什么

你看到了水中的绿藻与游鱼

看到了园子里的玉兰凋谢海棠花开

看到了大千世界摇曳的斑斓和沉寂的晦暗

可是你却往往忽略了水

忽略了空气

忽略了离眼睛最近的水晶镜片

每个人都在追求纯粹

纯粹是美好的单一

而单一的世界既不存在更不美好

就像冰封千里的北国雪域

纵有一片白色寒凝大地

却难胜三月里的桃花一枝

山体壮丽于峭拔起伏

花海美丽于色彩差异

天体瑰丽于斗转星移阳光喷薄

人间绚丽于朝代更迭思想解锁

一切都在博弈纠结之中

就像岸之于水

就像暗之于光

就像风吹动了树的叶子

就像鹰的翅膀，彰显

　　天的高度

谁来界定辽阔的宽厚与博大

谁来细数开花的时间倾听流水的声音

阴阳之鱼旋转

清晰簇拥着混沌

2018.3.6

冰封的湖面

冰封的湖面

一种冷的力量让万物沉寂

激荡活跃的水体失去了流动

所有生动的嘴唇都被禁锢

一些水耐守不住寂寞，开始

　　在冰下暗自涌动

凛冽的寒风，让固体的水

　　沉积更多自信

而阳光只是微微一笑

迎春就在岸边亮出了花的骨朵

冰层仍在不断加厚

所有的人都知道冰面终将消解

一切都像什么也没有发生

一切的改变，又都在

　悄悄地进行

2018.3.12

继续上演着创造废墟的历史

残墙断壁

破砖碎瓦

废墟，以其独有的形态

承接散乱的阳光与掠过的微风

时间洒落一地

沉淀为厚厚的浮土

城堡　酒窖　橄榄枝　青苹果

战马　军刀　斗牛士　长裙女

一切都如纷纷坠落的箭矢

消失在漫长的历史隧道里

消失在腥风血雨的瞬间倒塌里

凯旋门尚没有颓废

豪华的庆典仍然在人们心里预演

一条大路惯常地伸向远方

很少有人知道它的来处与去处

遥想旧日的时光

杀声响起

头盔跌落

如花的少女惊慌失措

无助的母亲流离失所

我的头骨即将迸裂

隐约看到铁蹄横扫如滚滚红尘

疆域变幻如纸张上随意的涂抹

我想还原痛苦的样子幸福的样子

它们却像一对孪生兄弟

胸口都在吧嗒吧嗒淌着

　　腥臭的脓血

废墟

有的已经消失

有的得到保护

而时光依然堆积

比如地震　洪水　饥寒

比如政治　战争　智能

它们有形与无形，继续

　上演着创造废墟的历史

2018.4.2

恐惧的梦境

似睡非睡的梦中

一神诞生

众神退位

从此，宇宙里光芒闪耀

强烈的刺眼而且焦躁

仿佛不再有地球的自转和公转

太阳永远悬挂在中午的位置

没有阴云和雨露

没有夜色和星光

天空飘过颂扬的辞赋和礼乐

然后，青蛙哑语夏蝉拢翅

自然的鸡鸣犬吠消纳
发音的器官们突然失声

葱茏正在褪色
草木的气息越来越弱
炽热的流沙正在与火焰山衔接
不知道还要摧毁多少绿色

穿过一条条街巷，进入
　若干个场所
人们的面容庄重而诡异
似乎都在回避同一个话题
到处都阳光暴烈
甚至传播出焦煳的气息
一种惯性正在悄然形成
体现得自觉又不自觉

2018.4.15

膨胀的蜻蜓轰鸣而过

土壤并不肥沃

蚯蚓们却一如既往

它们辛勤地耕耘松土

生活进行得自然而朴实

一个闷热的午后

蚯蚓们听到了震耳欲聋的轰鸣

仿佛推土机挖掘机驶过地面

土层突然面临崩溃的末日

蚯蚓们惊恐万状

纷纷爬出地面凝神探视

却见一群蜻蜓簇拥着飞过
一路鼓噪貌似磅礴之势

蚯蚓们百思不得其解
蜻蜓们为什么如此招摇过市
难道膨胀真有巨大的魔力
飞虫会幻化为轰炸的飞机

2018.4.16

在脑门上凿出一只洞眼

股市　房市　文凭　GDP 的泡沫
如啤酒节的喧嚣如舞台释放的干冰
从看不见的地方诞生
像涌浪一样，簇拥着
一波连着一波
扩散到有礁石没礁石的岸边
扩散到有脚印没脚印的沙滩

这些泡沫并不能及时地消失
它们伴随着喧哗与浮躁甚器尘上
形成影子一样隐形的堆积
它们甚至渗透进人的皮囊

在人的脑海泛滥

演化为一种膨胀的基因一种思维的定式

一群又一群的人失去理性

为了营造一种缥缈的红晕

他们甚至把肋骨一根一根地拔下

插成旗杆的模样

且庄重地行着自慰的注目礼

眼前仿佛有姹紫嫣红的影子招展，生动

却掩饰不了日渐伛偻的腰身

真想在脑门上凿出一个洞眼

释放一些虚妄

抑或引上一根棉芯，点亮

如豆的火苗

燃去蓄积的骄戾

2018.6.23

阴沉的雨在嚣张地下

乌云以极快的速度

涌动堆积

如丹青者的泼墨，一层

   又一层的洇染

黑透了整个天空

雨，以直流的状态

倾盆而下

没有风声

没有雷声

闪电应当是被雨水浇灭了

世间苍茫

阴沉的雨，一直在

　嚣张地下

洪水泛滥

横冲直闯

是肆虐天地不够宽厚

还是张扬天空的暴戾无情

没有风就刮不走乌云

没有闪电就斩不断泼墨的黑手

黑云压城

将碾平多少弯曲的脊梁

暴雨如注

将浇灭多少仰望的眼睛

雨一直在下

雨也终究会停

山始终昂着头颅，坚信

彩虹正在酝酿

它们的基因正聚拢在

泥泞的山路上

2018.7.30

踏不准正常的节奏

已经分不清是真实的存在，还是
　已经进入太虚幻境
耳边经常充盈着乌鸦的声音
也有蝙蝠的凄厉和猫头鹰的尖叫
他们经常混杂，散发出
　一些聒噪一些暴戾
让人惊恐，产生出
　不祥的猜测

天地本无恙
只是季节有些凌乱错位，陡生
　光阴悖行的感觉

当混搭的时令暗合焦虑的心境

抑郁与狂躁开始谈婚论嫁

——在沉默中生还是在疯狂中死

无论左脚还是右脚

都踏不准正常的节奏

2019.1.25

两种镜像

指鹿为马

三人成虎

当人们在课本里阅读

　这些荒唐的故事

每个人都很明智

仿佛都是戳破皇帝新衣的

　孩子

时光逆转

江河倒流

当人们在现实中感受

　这些虚幻的实在

每个人都很弱智

仿佛都是围观皇帝新衣的

　　臣民

堤坝，以自己的阻力

改变流水的状态与位置

使水草茂盛鸥鸟飞临

使碧波荡漾清且涟漪

但所有的堤坝都改变不了水体

　　流动的趋势

正如一柄黑伞旋转游动

遮挡一缕又一缕阳光

却无法垄断光的四射喷薄

做孩子还是做大臣

道理如此明了

而在伞的下面

很多人依然选择了沉默

2018.9.12

我的心里生出一千双翅膀

一个巨大的黑包袱

如无边无沿的雾霾

悄无声息地飘落下来

天空晦暗

有几只左冲右突的鸟儿跌落

头颅撞伤,有

　殷红的鲜血流出

很多人都在寻找星光

他们反复阅读一部翻烂的经书

未来的版本很厚,仿佛

　很难打开

层层叠叠的页码，记录的

　都是未知的秘密

指北针藏在人的心里

却都在三岔路口沉默

我的心里生出一千双翅膀

依然扇不起吹散乌云的风暴

2019.1.3

我听到了冰层驳裂的声音

江河仍在汹涌，只是
  以潜流的姿态
又到夜深人静
我听到了冰层驳裂的声音

阴风仍在怒号
暖阳却在看不见的地方
  正向北方移动
冬眠的青蛙，也正在土层
  慢慢苏醒

2019.1.23

扪心自问

如果有人要把空气凝固，压缩为
　私有的财产
作为施舍
按照自己的好恶进行分配

如果有人要把阳光垄断，制造
　更多的乌云和黑暗
作为对比
衬托自己虚幻的光芒

如果有人要把水源掐断，生发
　干旱与饥饿

作为要挟

凸显自己膨胀的权威

如果如果成为真实

你是弯腰乞求一丝施舍与怜悯

还是愤然而起，砸碎

　如果的如果

2019.1.28

集体成就了一种绵延的背景

无数种花儿开放着
它们姹紫嫣红，汇成
　　花海

花儿都有自己的春梦
它们往往经不起风的挑逗
选择集体婚礼的节奏

远望，花海里争芳斗艳
却几乎看不到一朵个体的花儿
集体成就了一种绵延的背景
让一切特色淹没在类似里

夜色笼罩月光朦胧

花朵们依然枝头攒动，让暗香

　在周边浮动

即使深夜，静能让人睡眠

却不能让花海失色

甚至都不能让花儿羞怯

2019.4.7

嚣张聒噪的雪花

晦暗的天空
纷纷扬扬，飘洒着
　漫天大雪

雪花翻飞
无声无息
却给人嚣张聒噪的感觉

本是一个温情的世界
陡生出暴虐的气息
我不知道雪花的底气来自何处
即使云遮三日

即使雪覆三尺

难道阳光就会被永远禁锢

其实

雪花在强暴世界的同时

也在淘洗天空

云开日出，天地

　将更加湛蓝澄明

只是云朵装作

不

自

知

2019.4.13

使命与轮回

因为疾驶而过的风暴
抑或不期而遇的雷击
一棵愤怒的树的枝桠
被更愤怒的力量折断

树桠举手本是申请发言
却不料阻挡了黑色的云朵

树桠跌落在土地上
悲壮得不再有半点声息
它的枝叶加速腐烂，开始
　滋养站立的树干

2019.4.23

泡　沫

在脸盆抑或其它半封闭
　　的容器里
加入洗衣粉等泡沫剂
用一种偏执的思想指挥一只偏执的手
搅动不再纯洁的液体
形成的漩涡里，陡生出
　　成堆的气泡
如密集的溢美之词，折射出
　　光之绚丽

这时节
如果刮过一阵疾风

它隐形的芒针会刺破一切虚幻

如果将其倾向大海

水面将产生不出一丝泡沫

2019.4.23

一种疯狂的企图

平原　山川　湖泊　海洋

动物　植物　矿物　神物

崇高　悲壮　阳光　阴暗

纯粹　洁净　污秽　暧昧

多样的世界纷繁杂陈，它们

　　形态各异属性有别

统一于旋转的星球，编织着

　　差异化的和谐

春种秋收夏雨冬雪

鱼游水界鹰击长空

这个世界理性沉潜感性生动

茅草匍匐藤萝缠绕

灌木柔顺乔木挺拔

这个世界法则清晰脸谱混沌

当北国层林尽染霜雪覆盖

南方却暖阳如春葱茏一片

如果要统一世界的形态

消灭山川海洋只保留平原水塘

如果要统一世界的物种

只保留鹦鹉画眉和虞美人向日葵

世界会是一种多么可怕的形态

毫无疑问

这是一种疯狂的企图

永远不会实现

却每天都在上演

2019.5.6

无奈的摇摆

秋夜。虫儿的呢喃
　　渐入佳境
不同音阶
各种音色
汇成婉转起伏的合唱
只是人虫异界
听不出琴瑟和鸣的旋律
隐含的是对夏的歌颂，还是
　　对冬的恐惧

冷硬的风，戾叫着掠过
　　北方的旷野

凉意似倾泻之水，寒噤

　每一寸静默的土地

所有的花草都意识到了霜降的来临

却都在虫儿的吟唱中，随风

　做无奈的摇摆

2019.9.14

标准件的生产

车间　商场　医院　街道
在一场又一场的风中变异
它们正功能性地改变为学校
成为意识汪洋里的孤岛

孤岛之上
标准化的脑袋正在批量制造
犹如工地上土坯的生产
正从一个又一个模子中脱胎

土坯试图垒筑起城墙
堆砌夜郎日益丰盈的理想

奈何远处有裂岸的惊涛

要把礁石撕碎为泡沫

2019.10.28

悲 剧

延续的情节里

如果活着意味着死

死去意味着生

如果肉体苟且金贵

精神贬值沉沦

这个舞台，注定上演

　悲剧

2019.10.29

世界多姿多彩

单一
很多时候就是单调
比如宽阔的海洋
比如绵延的沙漠
壮观
却不美丽

其实
海洋里有千万种生物在游动
沙漠之下有泉水和石油在涌流

天空中更有海鸥和苍鹰在飞翔

它们，正用翅膀

剪裁穿过风中的阳光

而更多的地方

因为雷雨，因为风暴

四季轮转

天空湿润

万物呈现出姹紫嫣红的

状态

2019.9.15

进化与退化

蚂蚁的秩序

蜜蜂的勤奋

大象的善良

土狼的协作

如果它们进化为人类

社会将会是一种什么样子

如果它们进化为人类

土著的人们也许已经退化

退化成自私贪婪的物种

而且形象有些猥琐，它们

习惯于狗苟蝇营

每天都在倾轧争夺

2019.9.17

关于风

谁曾见过风的翅膀

摇动的树叶

倾斜的麦穗高粱

被强制转脸的花朵

左右摇摆的陌上之草

它们都遭遇过风的裹挟

并为之改变状态乃至性格

谁曾见过风的颜色

春风让植被葱茏

秋风让绿意凋零

所有的风都有策源地

却没有人知道它们家居何处

来无踪去无影

风用温情和暴戾调节自己的情绪

谁曾见过风的主宰

风是自由的

没有人能够控制风的流动

风是善变的

和风　飓风　阴风　妖风

风在来来去去的旅途上

塑造形态各异的面孔

冷暖清浊

急缓正斜

风，把人间吹得阴晴圆缺

夏雨冬雪

2019.10.27

一鳞半爪

1

城市一天天亮丽

而人正在成为废墟

2

生物在进化

人类在变异

3

春天在体外蜂飞蝶舞

寒冬在体内滴水成冰

4

青蛙为谁而鸣

疑是打抱不平

5

紫燕在门口徘徊

可是旧时门扉

6

鼠猫做儿女亲家

是否真有其事

7

都在看唱本

驴将走向哪里

8

太阳最接近地平线的时候

可能在升起也可能在降落

太阳在正午的时候

肯定离西山越来越薄

9

挑剔的人是追求完美的人

只会挑剔的人注定是残缺的人

10

蝉鸣又一次响起

仿佛在宣讲禅悟的道理

行人依旧步履匆匆

没有驻足倾听的意思

11

台上台下都成为木偶

操演者还有什么意思

12

红高粱极容易被倒伏

因为它们拥有了沉甸甸的思想

青苔永远不会倒伏

因为它们终生攀附在潮湿的地面上

13

海蛇游在鱼群里

会把自己当鳗鱼吗

14

鳄鱼有眼泪的时候

往往是因为有眼病

更多的时候

鳄鱼的眼里是凶光或蔑视

15

阳光从不选择倾洒的地方

因为阳光自信自己足够阳光

16

布谷鸟鸣叫的时候

有可能已经到了收获的季节

布谷只是一种声音

鸟儿不为言论负一点儿责任

17

跨过门槛

有的进入天堂

有的进入地狱

门槛之后的黑洞

看不清

却充满诱惑

18

在海滩上行走

深刻的脚印只是暂时的

19

微风刮过

苍白的麦田却没有浪涌

天空失去盘桓的灵魂

成熟等同于死亡

20

女贞树的花卉

米粒一样纷纷坠落

暗香上浮

欲证明自己的性格

21

溽热来临，风暴

正在路上

这个难耐的季节

将要毁灭一些存在

也一定成就一些东西

22

如两块花岗石的碰撞

让你的人生闪耀壮丽的

往往不是可以融合的人

而是你的对手

23

星光之下

枕着铁轨

梦想

24

失眠之夜

满脑袋的奇思异想

它们载歌载舞

没有一个夺路而逃

25

几乎没有人愿意咀嚼核

因为许多核只有坚硬没有味道

但更多的时候

核是本质

26

脚印延伸

我们期望它是永远向前的

这个时候

你多半是在欣赏或祝福别人

27

我们只看到流星闪亮而过

却不知它来路多长

归宿何方

28

蝉是为了在高处鸣唱而生的

蜕变之前

它一直在黑夜里摸索

在孤独寂寞中爬行

29

蝉的鸣唱直抒胸臆

炽热激昂

苦难已经磨平了它一切的妩媚和风骚

30

蝉的所有鸣唱，只有

一个主题

为自由而歌

31

谁能分清夏日的葳蕤蓬勃

是太阳的馈赠，还是

　　土地的奉献呢

32

昨天，我听到的蛙声

是多声部的合奏变曲

今天，我听到的蛙声

是排山倒海的抗议之声

33

百日红正风骚得美艳欲滴

而蜀葵的更年期已过，正呈现

潦倒的破败之相

34

游轮正在沉沦

驾船的人也正在逃生

此刻，你还会痴迷

船体的庞大与奢华吗

35

如果风吹不掉束缚你的索链

那么就让它吹拂你蓬乱的毛发

放飞的思想

会烧融一切

36

疯狂的脑袋，总想

像气球一样升到最高处

37

一滴水

平淡无奇

却没有人能探明它的履历

38

七夕之夜

美丽的故事，覆盖了

更多的无奈和忧伤

39

从奴隶到奴才

就是用尊严换存在

由站着到趴着

40

心眼太多

层层罗列堆积

转不动了

榆树就变成了老榆树

老榆树就变成了榆木疙瘩

41

戾气太重

天空很久未曾洒下一滴

　悲悯的泪水

42

流星次第划过

今夜，将砸向

　谁的脑袋

43

生于污泥浊水的芦花

用洁白的笔触，抒写

　蜕变的文章

44

如果诗人是一种职业

为了写诗而写诗

诗人可能活着

诗歌却已经死了

45

漆黑的夜里

萤火可能就是方向

46

沉落的箭镞本已生锈

可我分明听到了它们起飞的声音

斗争的基因不死

魔鬼随时都会张牙舞爪

47

即使是帝王的脑袋

如果穿越到当下

也只应当被人们当作僵硬的球体

踢来踢去

48

云朵与云朵的碰撞

形成了电闪雷鸣与日丽风和

制度与制度的碰撞

形成了刀光剑影乃至血流成河

在对抗中交融

是碰撞的宿命

49

寂静的夜里，仿佛

一切都昏死过去

突然的两声蛙鸣

单调而又生动

响亮而又空灵

蛙本善于合唱

为啥敛气希声

无奈之旅

向南

大雁掠过长空

人字形的队伍，偶尔

　　发出喑哑的喊声

北国秋意正浓

原野万木凋零

落寞与寒冷正啃噬着时令

雁阵，以高远的姿态芳华的追求

　　做了冬日的逃兵

还有

象征高贵纯洁的天鹅

甚至高蹈独善的鹤们

都伸长了脖子划动翅膀

它们在迁徙的路途上，毫无

  愧色

寒风凛冽，正发出

  统摄天地的戾音

滴水成冰，万物

  呈现出僵死的状态

活命，让候鸟们失去家园

它们，迁徙的苟且忧伤

  充满了无奈悲怆

2019.12.22

遇见影影绰绰的魂灵

月光妖冶

如踩着蛇的脊背而来

有风，向远处游动

仿佛要拧干时间的水分

隐约看到跌跌撞撞的影子

猜想今夜将有故事发生

他们来自左边丘陵上的坟地

不知道将演绎什么骇人的剧情

毛孔渗出冷汗

心中却期望情节跌宕

然而影子们只是走来飘去
每一个都像寂寞的黑色衣袍

他们是墓中人的灵魂
一直被厚重的泥土和黑暗压抑
他们出来放风喘气
释放淤积的憋屈与潮湿

他们其实并不可怕
前世也许都是平凡的农人
阴间消磨了他们优秀的品质
墓穴也罩住了他们可能的戾气

影影绰绰地来
影影绰绰地去
他们似乎无意于人间的一切
悄然存在于自由的夜色

2017.8.27

世间最重要的关山隘口

很多人

很多很多的人

他们说厌烦了人间的世俗与嘈杂

背起行囊走向远方

他们走向崇山峻岭江河湖泊

走向戈壁沙漠古堡废墟

他们发现壮美与崇高、断裂与延续

沿着弧形的天际线

最后

他们寻找到的是一种自我认知

是一种缩放尺的效果

一种源自内心的脆弱与渺小

如果寻求宁静，只需
一方草庵三尺卧榻
半亩菜园五只鸡鸭
再种几株矮竹数排桃花
卧眠望冷月
晨起见暖阳
耳听虫声呢喃
眼观草色青黄
空间愈小心愈踏实
任它风声刮得昏天黑地
兀自吹落
满天星斗

世间最险要的关山隘口
都躲藏在颅脑与腑脏之内
很多时候，我们
求之于大得之于小

求之于实得之于虚

没有让探究的眼睛照彻内心

却让膨胀的行囊压弯了脊梁

2017.9.13

静下来的时候

静下来的时候

我想自己应当是一个文人

每天阅读码字

鼻子上架着眼镜

起码是形式上的文人

然而思维却不能停止考问

仿佛患有了强迫的症候

问自己读过什么书

却连题目都记不起来了

回忆自己走过多少路

却连山川名刹的名字都忘了

穿越历史的街巷

沉溺现实的河流

我开始极度自卑，不敢

　与人谈文史哲

甚至不敢与人谈酱醋茶

我感到自己进入了江湖

刀光剑影

笔走龙蛇

精神往返于侠义的境地

肉体寄驻于世俗的市井

一切都是粗线条的游走

如笔墨在水中搅动

开始条理清晰

慢慢趋于混沌

静下来的时候

我喜欢融于夜色

像蝙蝠一样谛听滑行

像猫头鹰一样睁着警惕的眼睛

我想为自己的本体打上印记

而风雅如潮水退落

岸线渐行渐远

泥沙裸露出本色

唯有不规则的脚印，编织

　散乱的孤独与快乐

2016.8.24

关于栅栏

远处，一簇簇的礁石
黑魆魆地蹲守着
像要捕捉远来的猎物
正在耐心地等待

近处，洁白的沙滩
自然而平静地伸展着
它们从容淡定的心态
已经历练了若干个世纪

太阳正跃出海面
天空喷薄出万道金光

潮汐自由地来去

阵风自由地漫卷

海腥味让宇宙充盈着生机

而在沙滩的边沿

立着一道黑色的栅栏

木桩和枝条构成一道屏障

风风雨雨把它们浸成沧桑的模样

栅栏既挡不住风也挡不住浪

栅栏既挡不住飞沙也挡不住鸥鸟的翅膀

这个世界总有人喜欢栅栏

他们不在意是封闭他人还是自己

不知道栅栏是谁人所建

也不知道栅栏建自何年

哪怕栅栏只有象征意义

有的人已经习惯随时随地地架设织编

是一种权力或责任的边界

抑或是一种意志的强势体现

栅栏有形或无形

都已经站立为一道风景

2016.11.27

过滤层的沙子

每一粒沙子都独立存在
岩浆的迸裂和潮水的浸泡深藏于记忆
千万粒沙子拥挤在一起，它们
　　形成了一个厚积的群体

依偎着
守望着
用平实的状态注释压抑中的期待
风刮过
天阴过
沙子始终在沉默中清醒着

相信清者自清浊者自浊

信奉天地有道去浊取清

你靠着我

我靠着你

亲密无间，却

保持渗透的距离

未曾拒绝过任何要求

未必就是习惯了逆来顺受

沙子们没有豪言壮语，只在

  静默中甄别选择

沙子的世界坚守原则

让污浊留下

让清纯通过

2017.1.10

飘雪的日子

雪花飞舞着
像千千万万只白色的蝴蝶

冰凉的雪花本没有灵魂
由于它们的轻盈与素雅
这个世界便披上了圣洁的婚纱
当沉积的雪花覆盖一切
人间仿佛就不再有粗鄙和丑陋

雪花飞舞着飘落
洋洋洒洒没有半点的扭捏
此刻，天空灰蒙神秘

轻佻乃至喧哗都归于静谧
偶尔传来的一声两声鸟鸣
清冷中透着无奈的凄婉

站立在风中
身躯与头发正一起变白
我想走进雪花的内心
而风让雪花走向远方

远方的青蛙正在冬眠
近处的草坪渴望发芽
在远山苍茫的背景下
隐隐约约
看到了梅枝上簇拥的花蕾

2017.1.21

分裂之人

我已经是一个分裂之人
但不能断定的
是思想分裂还是情感分裂
是灵魂与肉体的分裂
还是白昼与黑暗的分裂

林立的楼宇如密集的十字架
绑架着一群又一群悬浮的梦想
纵横的道路如巨大的蛛网
随时随地俘获着跌跌撞撞的生命
灯光绚烂但有些冰凉
人流匆匆但有些孤独

城市的空间积满钢筋水泥

城市的脉管流动着浮躁和紧张

夜深人静

我迷恋如水的月光

越过婆娑的树影

我的灵魂开始无拘无束地漂泊

有流水的声音

有草木的气息

有虫声呢喃

有露水不动声色的湿润

土地被铧犁翻过

风紧一阵慢一阵掠过田野

种子随季节播种

作物伴天地枯荣

一切都随遇而安

命运滋生出自然伸展的根系

我已经是一个分裂之人

上身穿戴西装领带进出职场

下身高挽裤脚行走田间堤堰

肉体在城区挣扎

灵魂在乡村放牧

白天活得紧紧巴巴

晚上在梦中采摘梨枣与地瓜

2017.2.15

唯有让过程不负内心

白杨枝条的鹅黄

垂柳枝头的嫩绿

早晨雨丝儿的细密

傍晚微风中扩散的暖意

文人的笔下

春天犹如一位柔弱的女子

时有风情万种

却经不起一袭烟雨的凉意

而真实的春日是飞扬跋扈的

该来的来

该去的去

季节乃至生命简单而又诡异

沉寂的冰河纹裂

拔节的麦田蓬勃

越过金黄的油菜田

杏花桃花梨花海棠花

玉兰连翘藤萝榆叶梅

一点儿也不内敛羞涩

更没有谦谦君子的礼让

它们吵着闹着开得满坡遍野

嚣张招摇

风骚热烈

甚至不需要一片绿叶的衬托

就使明香暗香一起奔涌

就把繁殖的欲望撩拨得蝶飞蜂舞

外表柔情似水

本质如初燃的火焰

泛滥的花期是一种解放

春日的行进过程

不辜负一星半点的内心

2017.4.19

恍惚中发现有人对我指指点点

清江县西北偏僻的山坳

坐落着一个有石碾石磨的村庄

古老的草房被石砌的院墙拱围

弯曲的石板路像一个执拗的问号

问山里妹子的娇羞

问山里汉子的憨厚

问鸡鸣狗吠的农家俚曲

问池塘里鹅鸭荡起的乡愁

有晨雾飘浮

有炊烟如诗

有不知多少年月的古井，淘洗

　断断续续的故事

让村落在沧桑中显露一些

　前朝的风骨

站在一株合抱粗的老榆树下

惊讶于它伤口一样爆裂的肌肤

它们黑黢黢地凝视着你

用身体的每一寸疼讲述时间的痕迹

树干上凸出一个又一个不规则的疙瘩

犹如很多僵化的脑袋在这里坐化

疙瘩叠加疙瘩

让千年古树愈加神化

站在榆木疙瘩撑起的树荫下

解读岁月的快与慢

品味价值的有与无

恍惚中发现有人对我指指点点

说我亦是一块榆木疙瘩

2017.5.19

106

深夜，我听到灵异的声音

深夜

又是极静的时刻

风停止了流动

树叶停止了摇曳

近处，只有钟表的声音

有节奏地踏踏走过

隐约听到了一种声音

一种来自遥远的玄妙世界的声音

它不刺激耳鼓

却直接搅动脑海

如一万只蝉儿隐匿在一起鸣唱

107

如一万台机器的齿轮旋转，在
　　金属上火星飞溅地切割

这种声音让人变得渺小
就像洞悉了地球在太空运行的信息
抑或进入了另一个灵异的世界
听到山川野风的呼啸峡谷的瀑响
听到千千万万个灵魂如俗人一样
　　喧嚣吵嚷

俗世的功利让多少人绷紧了神经
静如处子
动如脱兔
一张张淡定的面容下，覆盖了
　　火的灼烤血的窥视
即使在深夜
即使在阴间
都没有停止暗处涌动的觊觎

不知道这种深夜的声音

是隐匿中的清晰，还是

　明朗中的模糊

是来自遥远的他界，还是

　发自主观的内心

敢问所有的人，您是否

　也听到了这无解的混响

是否听出了这混响的弦外之韵

2017.6.6

不能脱俗的心境

又一次面临晋升的机遇
又一次具有了失重的感觉

本来是脚踏实地的
本来是内心充盈的
因为欲望的蛊惑
因为周围密布的机心
没有听到公开的咆哮厮杀
却看到了暗处的刀光鞭影
渗出的血液熏腥了空气
自己坠入飘浮的云层里

周边堆积着浓厚的云雾

但没有可以依托之物

我想寻找阳光的温热

迷茫中又陷于更深的混沌

我开始迈动软弱的双腿

在虚空的世界深一脚浅一脚

　　挪行

命运在冥冥中左右摇摆

延续着似知未知的日程

在云朵上沉浮

走进入世的门扉，忘记

　　出世的窗户

当希望与失望缠绕

　　紧张而无力

当自卑与自尊纠结

　　失控而无助

2017.6.7

静

子夜以后

静，像一张无形的网

笼罩一切影影绰绰的物象

满月抑或弦月，独自

　　沉浮于稀疏的云层

如或睁或闭的眼睛

淡然而又机警地窥视

　　沉寂的城郭

此刻，天地交融

世界正卸去浓妆

有的人与神合体

112

有的人与鬼在谈生意

更多的众生则疲惫地睡去

鼾声响起

他们甚至来不及裸体，来不及

　　做一个梦中的自由者

淘洗世界

掩埋世界

静

像无声的潮汐

2017.6.17

帐内帐外

我在帐内
蚊子们在帐外

蚊子们嗡嗡叫着
仿佛在抱怨不对称的战争

是我诱惑了它们嗜血的神经
还是它们觊觎我肉体的生命

蚊子简单我也简单
蚊子复杂我也复杂

114

问谁是强者谁是弱者

天地无语时空造化

唯有帐内的空间

塞满了人性的狡猾

2017.6.25

无　题

池塘不大
长满了亭立的荷花

荷叶的伞下
居住着众多的青蛙

蛙鼓此起彼伏
如多种意见的表达

一条水蛇浮游过来
喧嚣立即归于喑哑

青蛙们不再亢奋

默念着风声带走惊吓

学会独处

我喜欢独处

一个人选择一处安静的空间

消费如水一样漫溢的时光

看树枝发芽花苞绽开

听秋霜降落黄叶飘零

看大雁划过天空排成人形

听蝈蝈喧闹如世间嘈杂

感时

恨别

想与不想

任儒释道的风尘兀自起落

泗水东行

青牛西去

悟空八戒们也尽管去降妖伏魔

独处的阳光透彻

独处的月光空灵

独处而不孤

气闲而神定

就像苍鹰背负蓝天拥有自信

就像孔雀梳理羽毛拥有彩屏

给肉体一段放松的时间

给灵魂一方游走的绿地

与四季的律动契合

与阴阳的盈亏交融

且听风的絮叨雷的暗喻

滋养纯粹的精神清奇的骨骼

独处

仰观天象俯察地理

心无限大

心无限小

2017.7.17

世界大同

骑着李聃的青牛西行

问路基督的天堂

释迦说来来去去的街市

诸事皆有因果

到泗水岸边修身

到汶河流域齐家

极乐世界就礼成了

2017.7.25

我只想做一条普通的鱼儿

曲高和寡

高处不胜寒

姑且不去理会这些所谓的借口

心中只默念着风光无限

默念着天堂圣地

默念着峰峦叠翠的祥云缭绕

相信本能与宿命，然后

生命的轨迹会有所改变吗

倘若天空的彩虹垂下一条云梯

你有勇气有能力攀援而上吗

风可以把蒲公英的种子带上高原

洁白的降落伞却不能再度繁衍

河流把高山的沙粒冲入大海

跌跌撞撞一路悲壮却注解平凡

墙角的苦菜花清苦一生

大田里的向日葵热烈一生

它们都在阅风品雨

灵魂却各自安居心中

候鸟练就强健的翅膀

留鸟搭建温暖的窝棚

蛰伏的可以冬眠

翱翔的拥有蓝天

而我只想做一条普通的鱼儿

游动在一处不冻的水湾

2017.7.9

一种阴冷与恶毒

一种阴冷与恶毒

在暗处潜藏着

如蛇狡猾地窥视目标

准备随时喷射出死亡的汁液

这不是神经质的第六感觉

它是一种真实的存在，来自于

隐匿处看不见的弓箭

它们悄无声息地把你锁定为靶心

而且，弩弓的旁边

码放着一堆锋利的箭镞

弓箭不会自动发射

作为嗜血的工具，它

不与任何人结仇

它忠诚地执行主人的命令

却不干预主人杀人的动机

暗箭难防

更难防的是射者莫名的仇恨

他们把自己伪装成隐形人

释放凶狠的一击

异常恶毒，异常

　　冷血

2017.8.8

当路定格于内心

在河水的视野里

河床的走向都是合理的

河水自由地流淌，诠释

　天意的注定与自然的灵动

而陆地上弯曲勾连的道路

则很难裁定它的宿命

他们像肆意流动的水系

有自己的方向和段落

却很难界定始点与终点

路在脚下

126

有多少人就有多少条路

路连着路

路重复着路

抑或平坦洁净

抑或崎岖污秽

每一段路都沉淀着仇恨与爱情

可以作为连接

可以视作间隔

当路定格于人的内心

有的人走向天堂

有的人滑向地狱

彷徨后的决绝

外力无法阻挡

2017.10.17

岸从不张扬拥有的高度和自尊

浪涌

以永不疲倦的重复

以疯狂决绝的肆虐

冲击拍打着岸

浪涌

携磅礴的气势奔腾而来

以牺牲的结局消解而退

岸是目标

却不是归宿

岸是礁石悬崖

岸是堤坝长堰

岸甚至无遮无拦，只是

　一片开阔的沙滩

春风秋月

千年夙愿

岸从不喧哗咆哮，从不张扬

　拥有的高度和尊严

2017.12.30

129

冬日的荷塘

冰层已经封盖了池塘

冰面上站立着荷的长茎

它们如卸去盛装的舞女

褐色的肌肤裸露

骨骼已经弯曲

命运

把它们定格成不规则的图形

写意一种凄凉与悲怆

没有夏日的红莲绿荷

没有清风莹动的琼浆玉露

有萧条之韵

有颓废之美

冬日的荷塘之上

只有凛冽的冷风在飞

荷的灵魂深潜在冰层之下

它们在藕瓜的洞孔里，坚持

　　梦想

2018.1.19

不死的灵魂

纷纷扬扬地飘洒

以梨花的形状蝴蝶的舞姿

只是天色有些灰暗

远山有些迷蒙

让久违的降雪少了些浪漫和明亮

而室内墙壁上的油画，依然

　　气韵生动

白桦树高高站立

草原铺向远方

早晨的天空充满亮色

它们对室外的变化没有一丝儿感觉

静谧的空间，隐约

　听到羊儿的鸣叫

凄厉，带着彻骨的寒意

回望

案几上摆放的羊头骨

正呈现出呐喊的模样

（动物亦有不死的魂魄

它们灵动于多维的空间

充盈着对生命的祈望）

2018.1.27

扰乱了宁静的时光

煮茶

焚香

听琴

看窗外的雪花

纷纷扬扬

莳花

读诗

绘画

看窗外的雪花

纷纷扬扬

看窗外的雪花

纷纷扬扬

一把不知疲倦的扫帚

一个肩挎蛇皮袋子的身影

扰乱了宁静的时光

2018.1.28

自然的天道存于原始的本真

海洋从不言说自己的深邃与雄阔

当浪花跳跃着趋向于肤浅

更大的涌浪瞬间将其碾轧为泡沫

高原从不言说自己的海拔与壮美

当秃鹫的翅膀背负蓝天矫健地盘旋

寥廓的原野凝结更加肃穆高贵的尊严

田野从不言说土地的贫瘠与肥沃

当秋日的金黄覆盖夏天的翠绿

天地之间律动的是日月轮回的铿锵

极想让庸常的生活多些色彩与情调

购买两支敦实的红蜡烛，期望

能为独立的空间照出一片红晕

当我走进苍茫悲凉的洪荒

感受覆盖与裸露荆棘与茅草，顿悟

自然的天道存于原始的本真

2018.1.30

充满惊讶与茫然

心里默念着沉实与宁静

期望能在苍茫的夜色里，听到

露水降落的声音

却在寒冷肆虐的早晨

看到了冰霜凝结的花纹

无法判断是季节提前降临

还是心态迟缓，停止了

前行的步伐

嘈杂的声浪已经隐退

未能落定的仍然是悬浮的尘埃

当琐碎与无聊泡沫一样充满空间

静，就定格为祈求的焦点

游失的灵魂开始归位

感受的世界，却经常

　　时序混乱

充满惊讶与茫然

2018.1.31

每一朵鲜花都坚守本色

在蜜蜂的嗅觉里
所有的花朵都是芳香的
在蝴蝶的视野里
每一枝花朵都是美丽的

在人们的意识里
每一种花儿都是往年的样子
红的恒红
白的照白
无非是枝多枝少
　花简花繁

没有哪一种花朵能称霸四季

它们都有自己的花期

没有听见花朵抱怨的声音

它们都有自己的粉丝

花儿以自己的个体与相似

汇入花园的斑斓与多姿

坚持最好的自己

花园姹紫嫣红

季节风情万种

2018.3.19

偷窥之眼

一只壁虎趴在窗户上
貌似机警却掩饰不住猥琐
它探头探脑
凸显出一双窥视的眼睛

幸亏我在读书
读昂扬旋律之书
没有做什么苟且龌龊之事

假如我此刻放浪形骸
有不检点的行为正在进行
则又幸亏壁虎没有一双

人的眼睛

其实，安知
暗处没有潜伏的眼睛
壁虎，岂不是某些人
　丑陋的化身

2018.4.3

人心，更可能被伪装

在镜头中锁定目标
由于聚焦和稳定的原因
成像往往是虚化的

在镜头中锁定的目标
由于角度和距离的原因
成像的差异是巨大的

认识一个人
就说把他看透了
貌似很自信
其实很自负

相机会受制约

人心更可能被涂色

况且你既不是照相机

更不是通灵者

2018.4.7

释放出一丝亮色

又一颗流星滑落了

苍茫的天际

燃烧出一抹耀眼的亮色

这个世界又失去一位贤人

他的生存

在平凡的人眼里平凡

在高贵的人眼里高贵

他做着自己平常的事情，甚至

　有些烦琐寂寞

因为勤恳善良

他被托举到天街之上，行走在

人们仰望的境界里

贤人们与阳光为伴，灵魂
　已经与光与热融合
当生命归于结束
当躯体隐入黑暗
他们像擦亮宇宙的火柴，闪耀出
　一生的价值

知道自己也将归于凋零
我渴望成为一颗流星
　运行在平凡的轨道
天风浩荡
星河绚烂
只是夜幕降临
不知道自己的燃烧，能否
　释放出一丝亮色

2018.5.15

147

一棵树的命运甚至不及一棵草的归宿

遍地的枯枝败叶

遍地的伤残落果

一棵又一棵树折断了枝桠

一棵又一棵树扑倒在地

一棵又一棵树被残暴地腰斩

一场凶狠肆虐的飓风刚刚掠过

一场电闪雷鸣的战争刚刚结束

世间究竟蕴藏有多少恩怨

隐秘地在庸常的日子中积蓄愤怒

冲破理性的枷锁

挣脱条框的束缚

情仇对峙

冰火交锋

在瞬间走向极端

用毁灭宣示存在

它们于苍穹之下抒写命与非命，注释

　　缘与非缘

假如我是一棵树

我会学孔门师徒三省吾身

会对阳光感恩对雨露致谢

对身边的鲜花微笑对飞过的鸟儿问候

可是我不知道强暴的力量为何而来

不知道黑暗的实力何时而来

我会随风起舞选择抗争

我会左躲右闪拒绝屠戮

但在强权与独裁碾过之后

一棵树的命运，甚至

　　不及一棵草的归宿

2018.6.27

超度的灵魂在休闲赶集

有人说，三三两两

萤火虫从坟墓的洞穴而来

尾部沾染了骨髓释放的磷光

它们参悟了死亡的悲怆与恐惧

提着神灵点燃的灯笼

走走停停

寻觅生命的本真和轮回的栖居

一些人活得清醒死得明白

一些人在混沌中度过糊涂的一生

也有半梦半醒之人

行走在亮与暗的边缘

让道路坎坷河水打结

让命运呈现出一条晦涩灰白的色带

而萤火虫在夜色里聚拢

如超度的灵魂注释自由

它们放下了一切沉重

静则借微光而思

动则带星辉而行

于自然僻静之处，独享

　生命之纯粹

　生命之轻盈

2018.9.13

结局在于你是否是一粒种子

每一粒种子都在静悟

它们用沉默的外表，掩盖

  对春天的期待与冲动

土地 雨水

阳光 暖风

春天把天地之间变成子宫

孕育万物

滋养生命

春天也是鸡毛蒜皮扶摇

飞舞的日子

所谓风起于青萍之末

微末之物

情势之中

安能奈何自己的生命

走进时局

或潜入土地

或飞扬于风的裹挟

结局在于你是否是一粒种子

乃至是一粒什么基因的种子

风放牧于原野

风放牧于我的心胸

一切的一切

该腐烂的腐烂

该发芽的发芽

2018.11.26

冬夜，风刮过梁山

风 凄厉着刮过
在树的枝条发出怒吼的声音

黑松林树梢摇晃
有排山倒海的呐喊起伏

没有刀光剑影没有旌旗林立
没有星光的山野潜伏浓重的杀机

每棵树下都静卧着一个不死的灵魂
他们在聚集，等待揭竿的信息

2018.12.23

154

腐烂的躯体满沟满壑

骨血肉身，本身没有
　贵贱高低
它们由一样的分子构成
寿终正寝之后
或归于泥土消融
或归于飘摇的一缕轻风

而秉性与气血 思想与精神
则长存于天地宇宙之中
如深浅不一的烙印
镌刻于你的名字之碑

凡夫俗子们一直在善与恶的边缘徘徊

纠结于担当与逃避阳光与龌龊的撕扯

很多的人视躯体高贵精神浅薄

很少的人将灵魂领入天堂，却把

　　肉身塞入炼狱

错位，把人生扭成麻花

成就云遮雾罩的景致

冥冥之中

前行的魂灵影影绰绰

腐烂的躯体满沟满壑

2018.12.31

156

方砖与鹅卵石的世界

结结实实的方砖，因为

　平实和棱角

被砌进了沉默的墙体里

所有的人都无法体悟，它们

　是欣慰还是后悔

所有的人都知道，它们

　再也不能说一句话

结结实实的鹅卵石，因为

　圆润和光滑

被海浪簇拥在喧哗的岸边

它们历尽苦难，却强装

笑脸

用谄笑取悦人们的爱怜

失去规矩

这个多元杂陈的世界

方或将不再方

圆却将更加圆

2019.1.24

唯本真一路坎坷地走过

电闪雷鸣的暴雨之后

两千年前的某一天

晴空万里

鹰击苍穹

头颅，在仰望里顿悟

——大道至简

老子开始把社会要义，镌刻

　在天地之间

而芸芸众生的世界里

看得见与看不见的枝枝蔓蔓

　交织着攀援生长

如苍耳粘连着苍耳

如蛛丝纠结成的麻团

让生活徒增烦恼

让生命倍感无奈

大漠孤烟

长河落日

谁在弹拨大地的琴弦

天际沉雪

海洋狂飙

谁在抒写天空的诗行

四季静默不语

唯有花开花落

求大无边

当下千缘

唯本真一路坎坷地走过，沉淀

　沸沸扬扬的尘埃碎屑

2019.1.27

160

一种导引的能量

潜意识里，有

一种声音

一种气味

一种景致

抑或别的什么东西

虽然没有棱角分明的面目

或缥缈淡远

或模糊虚幻

却都在召唤着你，乃至

暗示支配着你

本能的反应很敏捷

伦理的约束很规矩

看不见的秉性

看不见的意识

貌似自由无疆

却无不像运河里的流水

既有源的推动又有岸的

拦护

世俗使人苍白

扭曲让价值错位

而冥冥之中有一种力量

聚散无形

生死有常

像天地间盘桓的神灵

露出天使的微笑，抑或发出

魔鬼的诅咒

2019.2.22

追　光

星辉闪耀

掌声响起

绚丽的追光聚焦于你

站在舞台的中央

你已经陶醉于赞美与仰望

跋涉于路途的夜行人

也始终被追光跟随着

嫉妒怨恨的眼光

诅咒谩骂的腹语

因为你的移动而移动

这时节，无论什么方向

　驶来的车光

射向你的往往不是炫目的烘托

那杀机重重的车轮，在碾轧

　活体之前

一直隐藏在灯光的后面

2019.5.11

悠闲　更可能是一种目的

夕阳西下
透过层叠的云朵，光芒
　瑰丽奇崛

霞光映射在马场
栏杆泛着殷实的包浆
溪水向我而来
草原铺向远方
马儿们安闲地踱步
身上披着锦缎般的丝光

没有鬃毛飞扬铁蹄腾空

没有战场嘶鸣军鼓擂响

自由如一幅油画，尊贵

　　且散发一种理想

奔跑是一种能力

悠闲更可能是一种目的

远处，马头琴声响起

拢起散落的日光

风儿不紧不慢地吹来

格桑花低吟浅唱

2019.6.2

去年的芦苇

四月的湿地

去年的芦苇枯黄而骨感

它们疏疏朗朗地站立着

微风刮过，摇动僵死的身子

阅读岁月的沧桑和无奈

堤堰上的二月兰开出雅致和清欢

田埂上的荠菜蒲公英开出素淡和悠闲

大叶子的蜀葵身材修长在路边期待

绵延的油菜花欲望汹涌像燃烧的黄金

杨树撑起绿伞

柳树舞动长发

灌渠里的流水季节性地来临

一切都在悄悄地进行，却无意识地

  让泥鳅灵动青蛙鼓鸣

去年的芦苇已经死亡

它的身下簇生出蓬勃的新绿

枯死者不因为站立而复生

它们倔强的姿态如弹拨风的手指

仿佛一切都与自己有关

存在，已经固化为

  欲望干瘪的标识

2019.5.5

冰 钓

两个俄罗斯人，来到
　冰封的湖面
凿开一个不大的洞口
要进行别有趣味的
　冰钓

他们尚未下钩投饵
黑色的鱼儿就一条一条地
　游出洞口
鱼儿游动的样子，陶醉于
　自由自然的幸福
悠闲

从容

没有半点赴死的恐惧

这是我看到的一段视频

它让我沉默了很久

关于生存的一些状态，开始

　在脑际顽强地徘徊

2018.3.18

致敬麦子

秋分前后
北中国乡村的土地
铧犁翻过
耧声响起
忙碌着播种麦子的人们

我从诗意的角度研究麦子
生发出对麦子的感慨与崇敬

麦子是谦和的
它不屑与其他作物争天时
秋意渐浓

171

田野归于疏朗和寂寞

而麦子则沉潜于土地的子宫

孕育胚胎，生长出生命的绿色

不惧风霜凌辱

不惧冰雪强暴

它们在隆冬的季节里

以柔弱之身，注解

顽强

麦子是自信的

它走向成熟的时候

把籽实顶在脑袋上

躯干充满气节

芒刺如同桂冠

每一朵麦花开过都灌浆结果

却从不招蜂引蝶，做随意的

牵手和承诺

麦子被收获以后

把土地腾让给玉米以及其他

这时节，世界正青春涌动

夏日的蓬勃与诱惑开始联姻

动物们热血偾张

植物们风情摇曳

而麦子们则避开喧嚣与浮华

囤积在一起，过着

群居却寂静的日子

它们当中的每一粒，都

虚怀若谷

静待未来

而真实的状态，却是

更多的麦粒不能进入生命的轮回

它们甚至无法表达自己的理想与信仰

就被碾成朴实白净的粉末

成为滋养人们的消费品

麦子生于贫寒

麦子成长于艰难

麦子团结在一起形成麦浪

麦子成熟于自然

麦子终结于有用

麦子以最大的牺牲

换来最广泛长久的绵延

2017.10.10

174

赞美一棵老柿子树

老柿子树枝干遒劲
沧桑的树皮呈现出岁月的风骨

叶片并不茂密
但每一片都朴拙厚实脉络清晰

羞涩的品质表现为青涩的存在
叶子的后面掩映着丰硕的果实

柿子树经历春夏和初秋
一直保持葱郁蓬勃的姿势

柿子树极平凡地立在家门口
把事事如意的祝福公益地传播

风刮过雨下过
柿子们在枝头经受风霜的打磨

浓重的秋意把黄的红的叶子飘落
一树柿子就像灯笼在阳光下闪烁

一个柿子是一枚故土的印章
袒露出生命的甘甜和灿烂

一个柿子就是一个火红的叹号
表达着对根部的眷顾与爱恋

2017.11.18

找不到灵魂栖居的原乡

站在群山之巅

感受地老天荒

天风浩荡而过

灵魂信马由缰

我想把自己变成一方手帕飘落

但不知道哪里是精神的原乡

南方的油菜花正黄金般连片摇曳

水稻的秧苗正插在方田的中央

软歌从山坡的茶园响起

鹅鸭从池塘的边沿走过

微风渐浓

烟雨朦胧

为什么榕树毛竹与水杉却集体静默

北方的大地春寒料峭

屋顶的炊烟如逶迤的诗行

杏梅的花苞刚刚鼓起

麦地的上空传来归雁的鸣唱

山羊出动

阳光照耀

为什么如画的村庄却写意一种萧条和迷茫

此时的城市没有南方北方

中心区灯红酒绿熙熙攘攘

边沿区工棚拥挤吊塔林立

蜗行的汽车喘息而行

像久病的患者走走停停

楼房正在长高

城市正在增大

为什么行进中的人们却没有欢愉之色

高原接近天庭，也接近
　透明的阳光和风的自由
我在高原放牧自己，在高原
　瞭望世界
却找不到灵魂栖居的原乡

2017.12.18

每一个圆圈都碰撞着坎坷

四十年以前

在北中国一个偏僻的农村

我曾经做过独轮车夫

独轮车夫的腰身仿佛一直是弓着的

独轮车的车筐仿佛始终是满载的

行走于庄头堤堰

串联起乡村城郭

车轮上凝结的泥巴，沉淀了

　农人们浑浊的叹息

希望独轮车没有阻力

当我驾车走在冰面上的时候
脚底打滑车子摔倒了

希望独轮车能产生自身动力
当我驾车下坡的时候
车子把我拖坠得失去控制

当我驾车爬坡的时候
勒紧的车襻把我压得憋闷紧实
脚步沉重
气喘吁吁
命运把不进则退注释得
　平常而又残酷

车轮不停地旋转
一个圆圈叠加着又一个圆圈
每一个圆圈都碰撞着坎坷
纠结着把时光碾成粉末

2017.2.2

许愿与还愿

有一种思虑

如虫儿持续地噬咬心肺

慢慢地形成一种痛楚与煎熬

四年以前

一个平凡夏日的午后

在西藏高原的一个山口

那里耸立着三只巨大的牦牛雕塑

周围悬挂着纵横交错的五彩经幡

山高云低

天风猎猎

诧异于天地的神秘

世俗的我也礼请经幡，并许下

　　自己关切的意愿

日子一寸一寸地堆积

寄托于经幡上的愿望落地生根

是心理暗示还是因果守恒

是命运的眷顾，还是

　　冥冥之中的法力佑助

每每忆起阳光下经幡的飘动

总感到有一种力量在推我前行

还愿，我想再上高原

感受天地之间的玄妙与因缘

由此，我开始把经幡悬挂于内心

让感恩报恩成为经常的默念

任它承载阳光接受各种风儿的抚慰

任它承载雨雪，长出菩提树

　　浓密的枝叶

2017.2.27

渴望轮回

雨后。怒放的霞光里
暮色瑰丽而凝重

一个简陋的瓜棚，静卧
　于泛滥的绿色之中
远处望去
如大涌波浪上的一叶孤舟

长毛黄狗温顺地看着瓜爷
瓜爷一动不动如一尊沉默的雕像

正如瓜熟蒂落

185

孤老的瓜爷陷于对死亡的思虑

无所谓恐惧

无所谓淡然

瓜爷纠结于对自己一辈子的回顾

种豆得豆

种瓜收瓜

瓜爷的一生似一碗不温不火的淡汤

沉寂得没有多少醋也没有多少盐

天空飘来一根鸟儿抖落的羽毛

像带有谶语的钉子

趔趄着嵌入了瓜爷的心里

瓜爷希望来生有所亮色

能够走出瓜田到更远的地方看看

能够娶妻生子屋檐下挂满苞谷

能够温一壶老酒招待新朋旧友

能够穿新衣住高楼不再寒酸

能够吹牛谈天，聊聊别人

能否正眼看自己

瓜爷身影佝偻
他的思维超出了他的智慧
他想把自己的积蓄捐成功德
却不知到哪里叩响阴阳的门扉

2017.5.20

喜爱一棵树

喜爱一棵树

因为他恒定地站立着

挺拔伟岸的身躯撑起一片绿荫

纵横密布的根须拓展出充实的底气

他的枝桠伸展着

像召唤又像要拥抱

叶片稀疏过浓密过，鲜亮过

　也晦暗过

但树干向上的信仰坚持着

树冠的梦想蓬勃着

树有草木的柔软

树也有骨骼的坚硬

心随太阳走

魂随月儿安

树让雨雪砥砺守望四季

树让野风摇动释放情怀

一圈又一圈的年轮，长出

　斑驳遒劲的筋骨

喜爱一棵树

因为他恒定地站立着

长年不说一句话

却吐纳着悲天悯人的气息

2016.8.2

189

如果月亮是一只摆渡的船

如果月亮是一只摆渡的船
它来自哪里

是谁为它装满了船舱和甲板
是谁为它扯起了远行的风帆

如果月亮是一只摆渡的船
它去往哪里

是谁为它日夜守候祈求平安
是谁为它喝退风浪静待港湾

寒来暑往

阴晴圆缺

我想紧紧抓住行走的船舷，抒写

　　橹桨的悲壮与淡然

2016.8.29

今夜的流水带有忧伤

河水又一次淌过
扰乱一地安宁的月光

其实，河水一直在淌
只是今夜的流水带有忧伤

晚风一缕疾驶而过
我隐约听到了妈妈喟然的惆怅

蝉鸣尚未远去
秋虫的呢喃已经次第登场

娘啊，草虫尚能情意绵绵

奈何八百里外我只能魂绕梦牵

2016.9.20

193

那些曾经风干的记忆

在一些精致的传记和回忆录里
故事里的童真童趣，闪烁着
　　星星的眼睛
　　覆盖着常青藤的叶子
即使有些曲折离奇
也往往飘着童话世界的雪花
印着小矮人歪歪斜斜的脚印

在我真实的记忆里
美好的往事总是风轻云淡
时光不能磨灭的都是调皮搞怪的情节
偷瓜摘桃的周旋

拦河筑坝浑水摸鱼的技巧

暗恋心仪女孩的苦恼

结伙打架抢占山头的疯癫

这些风干的记忆仿佛遭遇雨季

一旦气候温暖土地湿润

沉默的种子就经常灵动发芽

缘于人性的本真和本能

让回忆涂满了蓬勃的绿色

现在的我们习惯于仰望星空

因为周边布满了看得见和看不见的绳索

当无奈和空想共眠同床

嚼蜡的日子便贴满了乏味的标签

2016.12.4

走过冬的山野

山丘是骨骼

坡地是肌肤的纹理

道路宛如细密的血管

冰封的河流则像袒露在外的一段盲肠

叶子不知道飘零到何处

树的枝条弹拨着风的神经

阴坡的残雪让土地更加理性

裸体的季节凸显出广阔与坦荡

曾经的玉米地青纱呼哨

曾经的谷子棵黄金遍野

曾经的杂草茂盛树木蓬勃

葳蕤的情绪与潮湿的空气难分难舍

而仅仅是一场又一场的冷雨

仅仅是一场又一场的寒霜与白雪

浮躁的大地就沉寂了

复杂的大地就简单了

天地每年都重复相同的花开花落

喧嚣　静谧

烦琐　简约

世间永远循环着潮起与潮落

走在冬日的山野

就像一只独处的山羊

流浪自己的身体

流放自己的思想

2017.1.15

197

清明又飘细雨

清明并不清明

天空的脸色总是阴着的

飘飘洒洒的细雨

让早开的玉兰海棠花瓣零落

让正盛的桃花梨花争艳

让迟开的所有蓓蕾趴在枝头

　呐喊

气温下降八度

出游的蚂蚁蜥蜴们又蛰伏回洞穴

茶垄一片新绿

麦田涌动蓬勃

在这烟雨朦胧的世界里

雨有雨的使命

花有花的本色

唯有愁人的离绪

追随逝者远去

寥廓的天际之上

空留北去的雁行

2017.4.4

盛夏的臆想

突然就想到了东北的原野

崇山峻岭

野坡沟壑

樟子松深沉

白桦林诗意

柞木敦敦实实

黄栌红枫风姿绰约

呼啸的风狂放而过

留下野地蓬勃野天清澈

也有水乡湿地

千里稻香

万亩芦花

闲云飘浮

野鹤优雅

鱼虾自由鹅鸭自在

它们随意穿行在菱间荷下

城邦闷热酸腐

就想到了辽阔的原野

渴望像一头俊俏的梅花鹿

撒欢于凉爽自由的天地

2017.6.8

夏日问荷

夜色正浓

月光朦胧

又一次来到自清先生的荷塘

此刻

碧水荡漾优雅

微风浮动暗香

一切仍是原来的模样

隐约有舒曼的琴音滑过

宛如荷叶上露珠的盈缩

一只蝌蚪游到岸边

怯怯的问话充满哲学

离开淤泥芙蓉能出水吗

荷的花叶在上

藕的茎块在下

谁的心胸虚怀若谷

谁把气节藏于地下

影影绰绰的莲花兀自开放

田田的叶子兀自清爽

空灵之中，仿佛先生的声音

　娓娓道来

藕荷是一家

蝌蚪变青蛙

混沌乾坤里

化育你我他

2017.6.11

今日打马而过

今日打马而过
穿行青山绿水

马匹纯白如雪
竹影婆娑如歌

马蹄砸过铁掌
敲打山路的脊梁

远处有油菜花开
近处有暗香盈来

流水潺潺而下
鸟音婉转入画

一路遁入空门
从此不做凡人

醒来愁丝万千
奈何杂念俗心

2017.12.22

逆生长状态

薄雾散淡

天空没有一丝风儿

细雨裹挟着冷意，把落寞

　洇染在初冬的相框里

乍寒还暖

麦地里青苗茵茵

河堤上树枝的叶子已经飘落

槐树　白杨　梧桐　银杏　垂柳

他们在风中骨感地站立着

虚华褪尽

雁鸣已去

天地寥廓苍老了许多

秋收冬藏

季节正在按照规律行走在北方

而人们却并未参悟生死

依然如蝼蚁般忙忙碌碌

日子像石碾一样转动

命运像宿命一样轮回

土豆　地瓜　萝卜　青蒜

玉米　山药　棉花　白菜

作物收种在垄田里

希望与失望摇晃在焦虑间

在黄泛区的乡村穿行

简约的季节并不简约

简单的日子并不简单

2018.12.3

我的诗行

想把诗行写得美丽灿烂

像田野上栽种的花木

一行蔷薇一行玉兰

一行海棠一行杜鹃

又像古意里的绝色美人

一行貂蝉赏月一行昭君抚琴

一行唐环雍容一行宋燕婀娜

文雅　宁静　妖艳　热烈

快意　通达　忧思　娇羞

他们在旋律与节奏中聚拢

听风传来飞鸟的声音

看云带走夏日的黄昏

而真实的诗行扎根泥土

根须触摸蚯蚓蝼蚁甚至蛇鼠的体温

躯干在扭曲中昭示向上的力度

有温暖和炎热

有霜雪和寒冷

三月芽苞鼓胀五月繁花似锦

七月八月万亩葱茏

九月十月红叶黄叶落英缤纷

而冬月腊月的风雪，则让

　　每一行的诗句都铁骨铮铮

决绝的大江东去

缠绵的明月相思

浩荡的天风洗尘

辽阔的草原牧歌

我的诗是晨曦烧出的炭

是杜鹃啼出的血

是海水晒成的盐

是荷叶上露珠莹动的亮

2017.10.15

后 记

算上在韩国和日本被译介出版的两本,《纵情怀为马》是我的第八本诗集。

一部诗稿的出版,犹如自己孩子的降生,总是令人喜悦和期待的。这个时候,仿佛有很多话要说,比方说诗与社会、人生、情怀、责任等等,但因为每一首诗都蕴含了你特定时期的情感和思想,面世以后,它就属于社会评介由人了,又觉得再说已是多余的了。

在我的诗歌写作中,有幸得到了冯中一、谢冕、叶橹、张清华、吕周聚、刘东方、李木生、沈壮娟、云慧霞等先生的关爱和指导,他们在百忙之中为我的诗集或写序或作评,给予我鼓励和鞭策,在这里诚挚地感谢他们。

迟 云

2019.12.19

图书在版编目（CIP）数据

纵情怀为马 / 迟云著 . -- 北京：作家出版社，2020.7
ISBN 978 - 7 - 5212 - 1056 - 9

Ⅰ . ①纵… Ⅱ . ①迟… Ⅲ . ①诗集 - 中国 - 当代
Ⅳ . ①I227

中国版本图书馆 CIP 数据核字（2020）第 124543 号

纵情怀为马

作　　者：迟　云
责任编辑：赵　莹
装帧设计：宋晓明
出版发行：作家出版社有限公司
社　　址：北京农展馆南里 10 号　　　邮　　编：100125
电话传真：86 - 10 - 65067186（发行中心及邮购部）
　　　　　86 - 10 - 65004079（总编室）
E - mail: zuojia@zuojia. net. cn
http: // www.zuojiachubanshe.com
印　　刷：玉田县嘉德印刷有限公司
成品尺寸：145 × 210
字　　数：92 千
印　　张：7.375
版　　次：2020 年 7 月第 1 版
印　　次：2020 年 7 月第 1 次印刷
ISBN 978 - 7 - 5212 - 1056 - 9
定　　价：45.00 元